별들도 카톡을 한다

이종성 충남 부여에서 태어나 1993년 『월간문학』으로 등단했습니다. 시집으로 『바람은 항상 출구를 찾는다』 『산의 마음』 등과 산문집 『지리산, 가장 아플 때 와라』 『산과 사람의 사계 북한산』 『서대문, 사람의 길을 잇다』 등이 있습니다. 『월간 산』 『현대불교신문』 『숲과문화』 등에 바람과 나무와 별과 사랑에 관한 연재 이력이 다수 있습니다. 현재 '공간시낭독회' '숲과문화연구회' '현대시학회' '국민대 평생교육원' '만해마을' 등에서 활동하면서, 서울과 설악을 오가며 반도반촌(半都半村)의 생활과 서울시 각 자치구 별로 '서울, 골목길 이야기'를 집필하고 있습니다. 수주문학상과 한국산악문학상 등을 받았습니다.
e-mail : sankkun@hanmail.net

황금알 시인선 316
별들도 카톡을 한다

초판발행일 | 2025년 6월 17일

지은이 | 이종성
펴낸곳 | 도서출판 황금알
펴낸이 | 金永馥
주간 | 김영탁
편집실장 | 조경숙
표지디자인 | 칼라박스
주소 | 03088 서울시 종로구 이화장2길 29-3, 104호(동숭동)
전화 | 02)2275-9171
팩스 | 02)2275-9172
이메일 | tibet21@hanmail.net
홈페이지 | http://goldegg21.com
출판등록 | 2003년 03월 26일(제300-2003-230호)

값은 뒤표지에 있습니다.
ISBN 979-11-6815-114-7-03810

별들도 카톡을 한다

이종성 시집

황금알

| 시인의 말 |

사랑은 메토이소노metoisono, 행복의 원천이면서도 쉽게 풀지 못하는 난제, 정답을 알면서도 정작 답을 몰라 우리는 때로 허둥대고 실패를 하지.

고요하고 깊은 사랑을 해, 낙원도 신도 그 속에서 발견하게 될 거야. 기억해 둬, 하늘의 별들처럼 사랑은 신의 거처 같은 곳에서 빛나. 봐, 저기 어둠이 깊을수록 찬란하게 빛나는 별들을. 들릴지는 모르겠지만 별톡 별톡 별톡, 사랑만이 정답이라고 답을 찾아 별들도 연신 톡talk을 하잖아.

하지만 처음뿐인 사랑에는 프로가 없어. 예습 복습이 불가한 사랑 앞에서 우리는 모두 아마추어, 서툴고 아픈 사랑이야. 그럼에도 인간은 그 서툴고 아픈 사랑의 한 벌 옷으로 빙하기를 건너왔고, 여전히 가슴으로 전해지는 사랑의 불씨를 지펴 눈물로부터 우리를 구원하지.

우리는 알고 있어. 매몰된 어둠과 눈물로부터 나를 구하기 위해 시작되었으나 역설적으로 상대방을 구원하게 되는 너와 나의 사랑이 우리가 되는 그 신비한 마법과 새로운 세계로 데려다주는 가슴 뻐근한 사랑의 이야기를.

이제 내가 너의 베아트리체가 되어 줄게. 아니 아프로디테나 파르시팔이 되어 줄게. 지구의 자전축을 돌리는 힘으로.

네가 나에게서 영원을 보았다면.

2025년 봄 설악산방 청산재聽山齋에서
모든 사랑을 위하여 이종성

차 례

1부 그 여자와 수저

2부 일기장

3부 이유를 말하지 않는다

4부 콩나물무침

1부

그 여자와 수저

핼리 혜성*

내 생애 처음
너로 하여 깜깜한 우주가 환했다

그 거대한 서치라이트
시시각각 너는 그렇게 다가오며
내게 별비를 내렸다

바보 바보, 나는 바라만 보다가
말 한마디도 못 해보고
영영 너를 보내고야 말았다

시속 십이만 팔천 킬로미터의 속도로
순식간에 지나간, 그러나 아직도
다 지나가지 않은

긴 꼬리별 내 첫사랑
지금 어디쯤 가고 있을까?

* 76.03년을 주기로 태양을 공전하며 1986년 2월 근일점을 지나 2023년 12월 원일점을 돌아, 2061년 다시 지구 가까이 오는 혜성(Halley's Comet).

저녁달

앞산 뒷산 노루도 고라니도 잠잠
아름드리 장송들 침묵만 밀밀

엎질러지지 않는 겨울 산속 고요가 저린데
일찍 나온 달처럼
왜 그 사람 얼굴이 떠오를까

목 없는 돌부처로 앉아도
그 사람이 생각날까

알 수 없는 일, 참 알 수 없는 일
누가 대답 좀 해주오

꽃과 나비

꽃이 그냥 피고
나비가 저절로 오나요?

보고 싶어야 보고 싶은 것들이 옵니다
꽃도 보고 싶어 피고
나비도 보고 싶어 오는 것이랍니다

서로 보고 싶어 할 때
보고 싶은 것들이 옵니다
이 세상 보고 싶어
그대도 왔고 나도 왔습니다

하늘도 땅도 서로 보고 싶어서
보고 싶어서 마주보고 삽니다

문병

오래 쓴 집게 같아
자꾸 힘 빠지고 자주 놓쳐

다음번에는 널
알아볼 수 있을지 몰라

내가 널 놓치더라도
너는 날 기억해 줘

봄비 지나간 창밖 바람 불고
뚝뚝 목련이 지네

눈물

바다보다 깊네
겹겹의 지층을 뚫고 솟네

볼을 적시고 가슴 한복판
후벼 파며 흐르네

이 눈물 어디로 흘러가는가?
당신 아니면 길이 없네

눈물은 사랑보다 깊네
당신은 눈물보다 깊네

비누

때 묻고 남루해질 만하면
이내 새 날개를 달아주던
빛나던 신생의 시간이 있었다

크고 듬직했던 그 비누
닳고 닳아
작은 조각이 되었다

갈수록 줄어드는 몸피
어떻게 겨우 쥐어도 미끄러져
손에서 놓칠 때가 잦다

지금처럼 작아질 거라고
누가 생각이나 했었던가
두툼했던 그 사랑

얼룩

누구나 바닥을 갖고 산다

마룻바닥에 묻은 얼룩
닦으려고 다시 찾으려는데
잘 보이지가 않는다

엇비슷한 널마루 무늬들
속에 교묘히 숨은 것일까?
아니면, 다른 마루판들이 몰래
가려주고 있는 것은 아닐까?

그만 단념하고 발을 떼니
발아래서 슬그머니
계면쩍게 나타난다

하, 그동안 나는 내 발아래 티는 못 보고
다른 사람의 티만 보고 살았구나
바닥을 다 보이기 전에
얼른 닦는 바닥

누구나 바닥에 얼룩을 묻히고 산다
바닥의 얼룩을 밟고 산다

이불

한때 같이 잘 덮고는
어느 날 당신이 밀쳐둔 거
잘 빨아서 장롱에 개켜놓았어요

덮으면 여전히 따뜻해요
싫다고 발로 차버리면
하는 수 없지만요

그래도 추운 날
언젠가는 찾을지도 몰라
버리지 않고 잘 넣어 두었어요.

필요할 때 덮어요

밀물

그대를 만나러 가는 길
이렇게 버스에 앉기만 해도
잔잔했던 가슴에 남해가 출렁이네
이 물결 어디서 다시 또 밀려오는 것일까?
나에게 최초로 바다가 되어 주고
금목서, 은목서 꽃향기를 선물해 준 사람
그대가 아니면 망망한 수평선을 넘어설
파도는 단 한 줄도 없다네
내가 도착도 하기 전에 먼저
좌심방 우심방 방마다 불을 넣으며
우르르 우르르르 파도를 밀어 오는 사람
지금 그대가 내 가슴으로
허둥대며 마중을 나오고 있음을 아네
그대가 있어
내 설렘의 첫발은 시작되고
서울에서 남해까지 나는
진종일 출렁인다네

너를 부른다

적막한 별밤
누군가의 이름이 떠올라
하늘을 바라보면 유난히 반짝이는
별들이 보인다

가물가물하던 별들이 저렇게
일등성의 눈동자로 빛나는 걸 보니
지금 분명 누군가
저 별들의 이름을 불렀나 보다

이름을 부른다는 것은
그를 부활시켜 주는 일
누구일까? 저 아득한 하늘까지
목소리를 전하는 그는

어떤 별일까?
제 존재를 호명하는 목소리에 반짝이는 별은,
반짝인다는 것은
온 힘으로 화답하는 일

이제 나도 가만히
한 이름을 불러볼 때
광막한 하늘을 가로지르는 저음으로
너를 불러볼 때

그 여자와 수저

그 여자가, 맞은편에
물잔처럼 다소곳이 앉은 그 여자가
내 앞에 놓인 수저를 가슴에 가져다
잠시, 손에 쥐고 품는다

그 여자의 아버지가 그랬다며
옛적 자기 아버지가 그랬다며
품었던 수저를 이내 되돌려준다

아주 잠깐인데도
그 아버지의 체온에 그 여자의 체온이 더해져
따뜻한 온기가 가만히
시린 내 손을 덥혀준다

먼 먼 사랑이 수저에서 수저로
유전되어 오늘 내게로 건너오는
이 눈 내리는 겨울 점심시간

군자란, 너의 이름에 꽃이 피다

참 알 수 없는 일이야
어떻게 움직이지도 않고
소리 없이 너는 내 가슴에 오는지 몰라

내가 조금 심드렁하다 싶으면
가슴 한복판 겹겹의 무심을 비집고
단박에 쑤–욱 올라오는지 몰라

꼿꼿한 꽃대에 사람 붙잡아 매 놓고
오늘내일 필 듯 말 듯
부푸는 꽃봉오리 내밀며 애태우는지 몰라

안달복달 제풀에 지쳐 갈 때쯤
황홀한 고혹의 꽃 가슴 스르르 열어
사람 애간장 녹이는지 몰라

아무리 생각해도 불가사의한 너
속으로 너를 한번 불러본 것뿐인데 어떻게
내 가슴에 와서 꽃피는지 나는 몰라

사랑의 과태료

늦으면 안 돼
아니, 이미 늦은 건 아닐까?

삼십이고 사십이고 오십이고
지금은 그걸 따질 때가 아니야
제때 못 간 사랑엔 과태료가 붙어

오늘따라 방지 턱도 신호등도 참 많네
빨리 가야 하는데, 자꾸만 늦네
어떡하나 어떡하나 그래도 기다려줄까?

네게 갈 때면 생기는 이 조바심
이렇게 또 맹렬해지네
괜찮아 사랑에는 제한속도가 없어

밟아
나 오늘 과속이다

돌들도 상처가 있다

돌 던지지 마라
돌 던지면 돌들도 돌 던진다

돌 맞아 안 아픈 돌 없다
단단해도 상처 안 나는 돌 없다

돌들도 얼굴이 있다
함부로 처박지 마라

돌들은 먼저 돌 던지지 않는다
돌들은 먼저 등 돌리지 않는다

못

가슴이 답답해
가위눌리고 숨이 안 쉬어져
목이 콱 막히고

늑골 아래 깊숙이
꼭 대못이 박힌 것 같은
통증

엑스레이에도 시티에도
찍히지 않는
쇠못

누가 뽑아주나요
귀로 들어가 가슴 아래 박힌
못 하나

정림사지석불좌상

괜찮다 괜찮다
조금 깨졌어도 보물이다
나도 깨진 채로 산다

괜찮다 괜찮다
금가고 조각났어도 부처다
나도 아픈 채로 산다

괜찮다 괜찮다
많이 잃어버렸어도 역사다
잃어버린 만큼 얻고 산다

아파도 붙어 있어라 붙어 있어
붙어 있어야 산다
붙어 있어야 사랑이다

슬리퍼

불을 켜니,
벽에 비스듬히 서로 기대고 서 있다
어둡고 습습한 시간
함께 물기를 말려주며 보송보송해진 두 짝
아무렇게나 생각 없이 기댔다가
픽 쓰러졌던
기억들이라도 있는 것일까?
기울었으나 한쪽으로 치우치지 않고
혼자서는 이루지 못하는
완벽한 균형과 대칭
온통 사방이 미끄러운 바닥에서
낙상을 면하는 일은
같이 기대는 거였다
저렇게 넘어지지 않는 것들은 서로
같은 기울기를 갖고 있다

2부

일기장

별을 보는 밤

별들을 보신다고요?
아뇨, 잠깐만요
지금 당장 밖으로 나가지 말고
먼저 불부터 꺼요
당신 눈 속에 든 그 부연 빛으로는
별들이 보이지 않아요
잠시만 그대로 멈춰 있어요
내 눈 속의 빛들이 소거되고
저 바깥의 어둠이 곧 익숙해질 거예요
그래도 더듬더듬 발밑이 불안 불안하죠
당신은 아직 타인의 어둠이 낯설어요
자, 제 손을 잡아요
당신은 내가 보이지 않지만
나는 당신이 잘 보여요
당신을 보기 위해 나는 오래전에
내 눈 속의 빛을 모두 껐어요
한 번 더 눈을 감고 당신 눈 속의 불을 꺼요
누군가를 본다는 것은
먼저 그 사람의 배후가 되는 일이죠

저 별들의 어둠처럼요
이제 천천히 떠요

통증

꽃도 잠시

절정은 짧고
긴 눈물로 적자를 면하지 못하는

사랑

나는 울어도 너는 울지 마라
나는 아파도 너는 아프지 마라

더 오래 울지 않고는 모르는
더 아프지 않고는 모르는

사랑

아픈 꽃

울지 마라
네게도 잘못은 있다
보고 싶어 할 때 너는 오지 않았다
모두가 다 와도
네가 오지 않은 건
아무도 오지 않은 것이다

울지 마라
너는 아플 이유가 없다
네가 아플 때 그 사람은 왔었다
아무도 오지 않았어도
그 사람이 왔다는 건
모두 다 온 것이다

울지 마라
네가 울면 그 사람도 운다
아프지 마라
네가 아프면 그 사람도 아프다
아파서 우는, 울어서 눈물 닦는
꽃이여

담장도 입이 있다

말을 줄인 절집
그 절집에도 입 무거운
말이 산다

밖으로 말이 나가지 않는 건
순전히 담장 덕
그래도 담장은 큰스님 눈이 무섭지만
말이 하고 싶다

꾹 다물수록 입이 근질근질
담장 밖으로 비죽이 입술을 내민
도봉산 천축사 담장의 입

얼른 뭐라고 뭐라고
아무리 말해도 아무도 모르는데
알아들은 동자들

파안대소다

수제비

창가의 비가
연신 말없음표로 내린다

젖은 양말을 벗지 못한 채
양푼 가득한 밀수제비만 보며
깨작깨작 젓가락질한다

비는 계속 딴소리만 하며 내리고,
국물은 졸아들고,
끝내 하지 못하는 입속의 말과 함께
자꾸만 불어터진다

손님은 다 가고, 덩그렇게 둘만 남은
영업 종료 시간
퉁퉁 불은 침묵의 말들에
뚜껑이 덮인다

별들도 카톡을 한다

들어봤니?
별톡, 별톡, 별톡……
어둠마저 껍질을 벗는 심야의 하늘
천국의 밤을 찾아온 별들이 사랑에 빠져
밤새 톡을 하는 소리
사랑하면 저리 빛이 난다
별빛이 톡톡 튀면서
반딧불이처럼 반짝반짝 빛나
이 하늘 저 하늘가
구석 없는 별들의 보석 같은 사랑
사랑만이 아름답게 빛난다는 걸
정작 저희들만 모른 채
세상을 온통 생명의 빛으로 채우는
별들의 아우성,
어느 집 아기별이 깨어나는 새벽에 이르도록
속닥속닥 아무도 모르게 나누는
찬란한 별들의 속말
별톡, 별톡, 별톡
저 광막한 하늘에 빛 방울

톡톡 터지는
눈부신 별들의 사랑

사랑, 그 서툰

모든 사랑은 처음
고백할 수 없을 때가 사랑이다

네 앞에서 짐짓
아무렇지도 않은 양
시치미 뚝 떼고 숨겨보지만
하늘의 별들조차 알아챌 만큼
콩닥거리는 심장 소리가 너무 커
속절없이 들켜

속수무책 바보가 되어
말 한마디 제대로 하지도 못하고
얼굴만 홍시처럼 붉어져
아이처럼 쩔쩔매는
바보

너 그게 어떤 것인지
아니?

서툴 때가
진짜 사랑이다

밤눈과 밤 별

이 밤, 눈을 씁니다
아무도 올 사람이 없지만
불을 켜고 눈을 씁니다

틀린 생각인지도 모릅니다
어쩌면 올지도 모릅니다
오지 않아도 씁니다

그것이 내 마음입니다

눈이 그친 하늘에도
아무도 올 사람이 없지만
별들이 반짝입니다

틀린 생각인지도 모릅니다
어쩌면 올지도 모릅니다
오지 않아도 반짝입니다

그것이 하늘의 마음입니다

친구

내가
무너진 날

너는
왔다

일기장

사람이 일기장

입으로 말한 것이
사실 그대로 기록되는
사람은 사람이 일기장

오늘도 내일도 매일매일
갈수록 점점 두꺼워지는
사람은 사람의 일기장

본 것은 본 대로
들은 것은 들은 대로
사관이 되어 눈 귀가 사초를 쓰듯
다시 고쳐 쓸 수 없는 일기장

진실과 거짓은 하늘의 몫
오직 하늘만 읽고 판단을 내리는
사람은 하늘의 일기장

저녁밥

밥값 하셨는가?

수저를 드는데
멈칫 팔을 붙잡는 물음

들고 있자니
점점 더 무거워지는

수저의 무게

샛별

나는 언제나 서쪽에 있었다
그러나 그는 늘 동쪽에 있었다

빛은 항상 동쪽에서 왔다
나는 줄곧 그가 있는 곳을 꿈꾸었고
강물을 거슬러 올라가며
빛을 따라 마침내 동쪽으로 왔다

내가 동쪽으로 왔을 때
내가 온 만큼 그는 더 멀리 가 있었고,
나는 다시 새로이
누군가의 동쪽이 되어있었다

내가 본 첫새벽의 일출은
서쪽의 노을이 된다고
나를 배웅하던 이들이 이따금
소식을 전해왔다

누군가를 바라보고 살면 삶의 방향이 된다

떠오르는 그 얼굴 있어서 바라보는 하늘
제 발밑에 벼랑을 두고 사는 별들은
밤마다 찬연하다

오늘도 내 머리맡에서 빛나며 새벽을 여는
그는 여전히 나의 동쪽이었다

이별을 위한 노래

기차는 8시에 떠나네*
혼자서 이별을 치러야 하네
만난 적도 없으니
이별 없는 이별이네
더는 이루지 못할 사랑
오래 아프면 되는 것을
눈물로 깊이 넣어두면 되는 것을
이별 앞에서 무너지지 않겠네
안개 속 세상이 흐려지고
자꾸만 불룩해지는 눈물주머니
낡아서 찢어지고 새면 그뿐
잘 가라 사랑이여
사랑을 데려오지 못할 기차여
기어코 이별을 알리네
세상의 끝으로 가는 기차여
기차여 안녕

* 미키스 테오도라키스 작곡 아그네스 발차의 그리스 노래.

백 번의 사랑

사랑한다는 건 백 번 천 번 꽃피는 일
꽃피면 이별도 있는 법
백 년 꽃피우고 백 년 꽃이 져본 저 산벚나무도
이별은 견디기 어려운 눈물
사랑하지 않을 거야
다시는 사랑하지 않을 거야
도망치듯 깊은 산속으로 들어와
다짐한 백 번 천 번의 약속
바람은 때때로 속절없이 흔들어도
외로움에 붙박여 잊지 못하는
스스로 위로하며 잊고 잊어도 울컥울컥
매년 다시 빠지는 도돌이표 사랑
속절없이 꽃피고 꽃 지는 봄날
아프지 않으면 눈물이 아니라고 매양
백 번의 꽃비를 내리는 사랑

갱년기

미안해
하지만 내가 그러는 게 아니야
누군가 날 조종하고 있어

자꾸 화가 나, 다 싫고
갑자기 몸이 푹 꺼져버리고
감정의 싱크홀이 생겨
아무도 접근조차 못 하고
다들 떠나가네

얼굴이 화끈거려
식은땀이 나고
나도 정말 괴로워, 아파 죽을 거 같고
이건 지옥이야

나는 거의 죽음에 던져졌어
그래도 당신은 날 떠나지 않았지
내 불지옥을 견뎌준 유일한
사람아, 사랑아

백담百潭

물은 바닥이 이정표
끊어지면 죽어

백 개의 웅덩이를 다
채우고야 흐른다

아무도 생략할 수 없는
누구도 건너뛸 수 없는

목숨의 하루하루 바닥부터
채우며 바다로 간다

공동空洞

어머니 가신 길은 내 가슴 한가운데
뻥 뚫린 휑한 구멍 살 에는 겨울바람
때도 없이 불어와 눈물도 말라붙고
그리워 그리워서 슬픔도 어머닐 찾아
보고파 보고파서 울음도 어머닐 뵈러
빈 가슴만 남겨두고 증발하는 나날들
맴돌다 맴돌다가 못 떠난 달님 별님
내 지쳐 잠든 밤은 하늘 한쪽 허물어서
가슴 좀 메워 주오 이 구멍 메워 주오
울 어머니 울 어머니 다시는 못 가시게

아버지 가신 길은 내 가슴 한가운데
하늘이 무너져서 꽉 막힌 버력더미
때도 없이 지진 나 눈물만 쌓여서
그리워 그리워도 슬픔은 진창 되고
보고파 보고파도 울음은 목이 메어
이 가슴 짓누르는 숨 막히는 나날들
맴돌다 맴돌다가 못 떠난 달님 별님
슬픔도 그리움도 화석이 되는 밤엔

이 버력산 치워주오 가슴 좀 뚫어 주오
울 아버지 울 아버지 한 번만 뵈러 가게

3부

이유를 말하지 않는다

밭

심은 것이 납니다

좋은 것을 심으면
좋은 것이 납니다

나쁜 것을 심으면
나쁜 것이 납니다

하늘의 율법입니다

복수초

너 어디 가서
안 보였니

감감무소식이더니
얼굴 내밀었네

그래 너 거기서 먼저
꽃피우고 와

니가 오면 봄,
나도 곧 펴

동치미

지금은
말을 밀봉할 때

맵고 냉랭한 이 침묵,
어둠 속에서 더 고요하리라
깊어지리라

어울림이란
갈등의 동침 속에서 경계가 터져
먼저 상대방을 받아들이며
나를 내주는 삼투의 일

이제 파국을 면한 마지막에서
자기를 버리고 얻은 융화의 시간
서로를 완성하고 서늘하게 익어
동동 뜬 살얼음

입에 들어가는 순간
먼저

말 많은 혀부터 톡 쏘는

동치미

나트랑 밤바다

네가 있는 곳이
내가 있는 곳이다

그러면 그렇지 네가 간들 어디를 갈까
인도양 저 너머에서 용케
나를 찾아 끝없이 밀려오는 파도
도저한 물결로 백사장은 넓어지고
하얀 포말로 바다가 넘친다

함께 가는 것이 사랑이다
바다는 첫 문장부터 밑줄을 친다
시원한 바람을 일으켜
플루메리아 꽃향기를 퍼트리며
야자수 이파리를 흔든다

네가 나의 존재 이유다
머리 위에서 빛나는 별들의 말들
밤하늘이 찬란하다

모든 사랑은 바다를 품고 있다
너에게서 들리는 바다의 흰 목소리

하루

내가 앓는 사이
밤새 뜬눈으로 새운 너의 하루는
내게 영원히 저축됐어

어느 날 네가 이 지상에서 머물
시간이 다 되었을 때
네게 그 하루를 돌려줄게

설령 내가 먼저 갈 때가 오더라도
그 하루를 위해
하루 일찍 가겠어

네가 나를 지켜준
내가 쓸 수 없는 너의 그 하루
꼭 네게 주고 싶어

지금 매일
이자에 이자로 늘어나는
탕감되지 않는 그 하루

베아트리체*

그대는 나의 별
깜깜한 내 눈의 어둠을 찢어
반짝반짝 하늘의 신비로
빛나는 사랑의 뮤즈

그대를 바라볼 때마다
쿵쾅거리는 심장 소리
온 은하에 소문이 퍼져
속절없이 들키고 마네

누가 가르쳐 주었던가
사랑하지 못하는 것이 비극이라고
사랑 없는 삶이 지옥이라고
누가 알려 주었던가

그대를 사랑하고 벗어난 가난
그대를 사랑하고 벗은 슬픔
그대를 사랑하고 발견한 천국
나는 영원을 얻네

* 단테의 『신곡』 등장인물.

서부해당화 꽃차를 마시며

뜨거움을 억누르고
그 미소, 다시 불러내기까지
흔들림을 멈춥니다
봄날의 절정 다 꽃피우지 못한 당신께
없는 듯 있는 듯 다가갑니다
순박하고 순일했던 사랑,
세상 흐린 날에도 짓무르지 않도록
아홉 번 덖고 말립니다
보세요, 사랑은 박제가 아닙니다
이렇게 소리 없이 끓어서
나무의 가슴처럼 잠잠해진 순간
바람 없이도 사르르 피는 미소라니요
꽃향기에 제 숨이 다 막힙니다
오늘따라 유달리 더 당신이 생각나
들여다본 찻잔 속에서 꽃종이
댕댕 댕댕 오-래 웁니다

내 눈물은 냉장고에 있다

내 눈물은 모두 몰수되었다
죄목은 부패방지법
눈물이 썩었다는 혐의다

법을 모른 것은 잘못이었다
결코 눈물로 진실을 속인 적이 없는
가난한 사랑
눈물은 결백했고 무고했다

허위 고발자가 있는 게 분명했다
대질 요청은 받아들여지지 않았고
상고는 기각됐다
나는 거듭 환수된 눈물을 돌려달라고
고통을 호소해 보았지만
아무도 믿어주지 않았다

이제 나는 눈물을 사야 하는 사내
내 눈물은 모두 수감되어
지금 내내 종신형을 살고 있다

당신이 거기에 있었네*

그 먼 곳
내 눈물이 길을 잃었을 때
당신이 거기에 있었네
거기서 내 눈물은 혼자가 아니었네
일생에 한 번은 비껴갈 수 없는
눈물의 벼랑에서
운명적인 만남이 시작되고 있었네

그 먼 곳
내 슬픔이 갈 곳이 없었을 때
당신이 거기에 있었네
거기서 내 슬픔은 혼자가 아니었네
일생에 한 번은 맞닥뜨리는
슬픔의 산맥에서
뒤늦은 사랑이 찾아오고 있었네

그 먼 곳
내 외로움이 호수가 되었을 때
당신이 거기에 있었네

거기서 내 외로움은 혼자가 아니었네
일생에 한 번은 건너야 하는
외로움의 호수에서
함께 건너야 할 사람을 보았네

그 먼 곳
눈물보다 슬픔보다 외로움보다
더 먼 곳, 당신이 거기에 있었네
거기서 당신은 눈물과 슬픔과 외로움이었네
내가 거기에 도착한 이후로
우리는 혼자가 아니었네
당신도 나도 거기에 있었네

* 드라마 '사랑의 불시착' 대사 인용.

개기월식*

잠시면 되오 달리 방법이 없었소
사람들은 지쳐 곧 포기할 것이오
하지만 당신의 아버지는 가장 멀리 가는 눈빛을 가지지 않았소?
아직은 암막을 걷고 고개를 내밀면 안 되오
천국의 요정들은 미소를 지으며
우리에게 꿀이 든 술을 주고 있지 않소
이 와인이 붉게 물드는 시간이 지나면
우리 별들의 부족은 당신을 나의 신부로 맞아
여왕으로 받들 축제를 시작할 것이오
저들은 당신이 이 천상과
저 아래 지상과 바다에
풍요와 행운을 가져다주는 여신**일 거라고 믿고 있소
이제 멀지 않았소
그새 당신을 찾는 붉은빛의 그림자들이 벌써
반이나 지나가지 않았소
조금만 더 기다리면 되오
지금 밖으로 나가면 당신의 아버지가 내쏘는 빛에

우리는 그만 눈이 멀고
천국은 사라져버릴 것이오
약속하오
당신에게 나의 천국을 바치겠노라고
가시처럼 눈을 찌르는 저 빛만
잠시 피합시다

* 2022년 11월 8일에 있었고, 2025년 9월에 다시 관측이 예상되는 천문 현상.
** 그리스 신화의 헤카테(Hecate) 여신.

이유를 말하지 않는다

매일
더 먼 우주로 가고 싶은
조금씩 느려지는 지구를 생각하며
부쩍 커진 중력을 체감하는 벽시계는
자신도 모르게
자꾸 걸음이 느려진다

표준의 표준, 그 준거는 무엇인가?
시계의 목숨은 일치성의 문제,
광활한 바깥과 연결되지 않는 내부란
이미 고립된 세계다
촉각을 곤두세우고
답을 찾아 한 호흡 한 리듬으로
시시각각 지구와 보폭을 맞추는
벽시계

매일 시간을 탈주하여
시간을 개혁하고, 궤도를 수정해 가며
단 하루, 단 1초라도 벌어

미래를 확보하는
지구의 걸음

벽시계는 지각의 이유를
말하지 않는다

휴휴암

파도는
산산이 부서져서야 쉬고
종은 실컷 울고 나서야
쉰다

갈매기는
맘껏 똥을 눈 후에야 근심 없이 쉬고
나무는 바람에 뼈를 맞아본 후에야
쉰다

바위는
깨짐을 알아서
더 깨지기 전에 앉아서 고요히
쉰다

비달 블랑*

하늘만 아는
빙하의 눈물

미적지근한 것은 견딜 수가 없어
북방한계선 너머
나이아가라 온타리오 호숫가 이니스킬린
혹한의 빙점 아래로 펼친
새하얀 설원의
고요

한 번
망쳐보지 않으면 알 수 없는
땡땡한 눈물의
비밀

지금은 언 손으로 당신과
눈물을 따는 밤

* 프랑스의 장 루이 비달(Jean-Louis Vidal)에 의해 개발된 품종으로 현재는 주로 캐나다, 프랑스, 이탈리아 등에서 생산되고 있는 아이스 와인.

반지

달도 별도 따줄게
하늘은 약속했어
무릎 꿇고 황금 반지를 바쳤어
그때 꽃비가 내렸지
약조한 대로 어둠이 깊을 때마다
별들이 돋고 달이 떠
그래도 가끔 의심이 들 때면
하늘은 다시 그 금가락지를 상기시켜줘
알지, 꽃이 되어 같이 향기로웠던
별이 되어 함께 반짝였던
그날의 하객들은 알지
사랑은 강물에 던지면 영영 묻히고
하늘에 던지면 영원히 빛나
여인은 지금도 여전히
종종 손가락의 반지를 보며 떠올려
그 아름다운 날의 금환일식과
로맨틱한 개기월식
그 황홀한 밤을

반띵

사랑 앞에서는
누구나 반쪽

신도 혼자서는 반쪽짜리
사랑을 못 해

서로 반 주고 반 받는
사랑은 반반

기쁨도 슬픔도 하나 되는
반반 사랑

소

역심 나면
한 발짝도 안 움직여

차라리
산을 끌고 가

한 번 곰곰
되새김질 해보고

끝

늘 조심해라
날 섰다

힘 들어가면
다친다

깃털처럼
부드럽게 다뤄라

명심해라
항상 끝에서 다친다

4부

콩나물무침

노모

눈을 뜬
늦은 아침에서야 알았다

간밤
군불 뜨겁게 때시고,
곤히 잠든 나를
아랫목으로 밀어놓고
당신 몸 덮을 것 대신
창문에 걸쳐놓은
담요 한 장

광활한 우주
덮고 잔 밤이었다

할미꽃

나는 할미꽃이 좋다
분 바르고 루주를 칠하지 않아도
여전히 곱고 예뻤던 우리 할머니
허리가 굽었어도
'어이구 내 새끼 내 새끼' 하며
안아주고 업어주던
우리 할머니가 좋다
'이 할미 뒷동산으로 마실가서 안 오면
놀러 오라'던 울 할머니
나는 할미꽃이 좋다

술 한 병 사들고 뒷동산 가는 길
'어이구 내 새끼 어서 오렴 어서 와'

할미꽃이 피었다

막냇동생

한밤중에 걸려 온
목멘 전화 목소리

들썩이는 듯 울먹울먹하더니
오빠! 하고 한꺼번에 터지는
울음

하얀 눈이 되지 못하고
검은 쇠못 되어
한차례 창문을 때리고 지나가는

세찬
겨울 소낙비

취향

참취, 곰취, 수리취, 미역취, 단풍취, 각시취…
국화과 집안의 한 형제들
제각각이지만 모두 산에서 산다

돈맛 들려 특유한 향으로 사람들 휘어잡고
욕심껏 세내어 비닐하우스까지 짓고 사는 참취요
깊은 산속 들어가 두문불출하고
노란 꽃 피우며 사는 곰취다
삶은 축제라며 사람들 불러 잔치 즐기며 사는 수리취와
맛있는 미역국처럼 척척 목에 감기는 진국의 미역취다
무심도 유심, 유심도 무심 단풍잎 쏙 빼닮은 단풍취요
늘 연보랏빛 연정 품고 사는 각시취다

누구는 왕국을 고집하고, 누구는
기꺼이 왕국을 버리고
모두 제맛에 취해 사는 육 남매

지금 봄 산에는 취가 천국
모두 취해서 산다

솔의 뒤란

고요해라, 고요해야 보인다
조급하면 놓치고
어지러운 자리에서는 나지 않는다
가을 솔밭에 들면 가만히 올라오는 어머님의 말씀
사분사분 각시의 걸음으로
아침 햇살 비껴드는 솔밭으로 간다
이 얼마나 맑고 고요한 곳이냐
그 옛적 장정 같던 울 아버지 닮은
우람한 소나무 아래 황금빛 솔잎 머리에 인 채
막 올라오며 눈 뜨고 있는 미인 송이
어느 개안이 이토록 향기롭고 황홀하더냐
이제 막 산을 물들이기 시작한 바람에 들켜
수줍은 미소를 짓고 있는데, 훠이 훠이
바람은 십 리 밖으로 양 떼처럼 구름을 몰아가고
구름은 쫓기다가 얼른 산 뒤로 숨는다
저 아래 계곡물은 쏼쏼 산간을 떠나고
곰비임비 첩첩 이마가 빛나는 산봉우리들
나는 다시 먼 산 바라보다 향기를 따라간다
오, 이 옹골찬 아름드리 소나무들

솔의 뒤란에는 빙기옥설 송이가 산다
어머님의 그 희디흰 말씀이 산다

그 겨울날

읍내는 멀었다
이월 겨울 너른 들판은 언 땅이 녹으며 질척거리고
개흙은 신발에 달라붙어 자주 걸음을 붙들었다
털어도 털어도 좀처럼 떨어지지 않았다

도련님! 업히세요
봄에 곧 시집을 온다는 각시복사꽃 같은 예비 형수님
등을 내밀고는 바닥에 앉은 채 좀처럼 일어서지 않았다
바람과 갈대와 기러기들도 슬쩍 내 등을 밀었다

향기로운 등은 갈대밭 게막*의 내부처럼 안온하고
옹기종기 밥주발을 품은 아랫목처럼 따뜻하고 푸근했다
어디로 가는 길이었을까? 왁자한 기러기 떼들
소리가 잦아들고 나는 그만 깜빡 잠이 들고 말았다

지금도 놀라 눈을 뜨면 나 아직도 그 등에 업혀있다
수십 년이 지나도 식지 않는 가슴에 남은 따뜻한 체온
그 온기로 허허벌판 건너고 있다

눈 감으면 여전히 각시복사꽃 꽃구름처럼 뭉게뭉게 이는

그 겨울 그 들판 각시복사꽃 그 등허리

* 게막: 게를 잡기 위해 치는 대발의 한쪽 끝에 원뿔 모양으로 세운 막.

구순의 아버지와 큰딸

얘, 큰애야

길들이 이상하다
통장의 잔액이 이상하다
애들의 얼굴과 이름도 이상하고
모두가 이상하다
의심할 수밖에 없는 삶
질문이 약인데 이 약 저 약만큼
아버지는 날마다 자꾸 의심이 는다

어제도 그제도 오늘도
세 번 네 번 설명한다
아무리 그래도 아버지는 이상하다
하루에도 몇 번씩 전화가 온다
설명하고 다시 설명해도
설명되지 않는 삶
아버지는 모든 것이 이상하다

애야! 잘 대답해야 한다
지금 하늘이 묻는단다

달항아리

달을 품었던
만삭의 어머니!

성운이 몰려드는
어느 밤이었을까요?
몸속 거대한 바위가 갈라지며
온몸의 뼈들이 뽑혀 나갈 듯
전신을 갈가리 찢고 가던
대 지진파

당신의 목숨
단 일 밀리미터 남겨두고
절명의 벼랑 끝에서
가까스로
멈춘,

저 빙렬

작별

아버지, 줄은 왜 끊어지는 것일까요?

아버지 줄 끊어질 때마다 아득한 하늘 너머로 하늘하늘 사라지던 유년의 가오리연이 보입니다. 밤마다 엄마 발과 묶어놓은 줄 끊어버리고, 꼭꼭 잠근 대문 용케도 열고 소리 없이 나가시는, 더는 줄에 묶이지 않는 심야의 어둠 속 그림자 아버지

마당가 대추나무 푸른 잎새 뒤에 붉어진 대추 불룩한 눈두덩이에도 방울방울 물방울 맺히는 오늘, 아버지 집 떠나시네요. 아시나요? 평생 저희 남매 키우며 엄마와 사셨던 북한산 아래 솔샘길 우리 집 떠나서 가시는 곳 어딘지요?

아버지! 대문 문턱을 넘다 멈칫 뒤를 돌아보시는 아버지, 제 가오리연은 어디로 날아간 것일까요? 혹여 그 연 주우러 가시려는 건가요? 가시면, 아버지의 그리움도 날마다 자라 인수봉처럼 커질 거예요. 엄마도 우리도 매일 보고 싶으실 테니까요. 아버지, 마당에 산그림자 지면

아버지인 줄 알게요.

아버지! 우린 절대 이사 가지 않을 거예요. 꼼짝도 하지 않는 저 산처럼요.

편지

보고 싶습니다
한평생 함께한 날들 꽃피는 봄날이었습니다
어찌 그립지 않은 날이 있겠습니까
밥을 지으려고 쌀을 꺼낼 때도
여전히 덜어내지 못하는 당신의 몫
수저를 놓을 때도 어쩌지 못하고
바라보는 텅 빈 당신의 밥상머리
혼자 먹는 밥은 왜 이리 푸슬푸슬하고
밥은 매번 남아서 풀기 없이 말라가나요
무심코 설거지하다 툭, 수세미를 놓치고
내다보는 창밖 봄은 담장을 넘어와서
마당의 꽃들은 울컥울컥 핍니다
당신은 어찌 무심하게 꿈에서라도
한 번도 대문을 탕탕 두드리지 않으시나요?
안개꽃은 봄비 속에서 뿌옇게 흐려지고
홀로 이부자리를 펴는 밤은
봄날도 허리가 시린 한겨울 저녁입니다
조금만 더, 당신 조금만 더 기다리세요
제 편지가 더는 오지 않는, 오늘 같은

어느 봄날 당신의 천국에도 골목마다
하얀 목련이 등불을 일제히 켜는 날은
제가 막 도착하고 있을 거예요
그때는, 그때는 당신 꼭 마중 나오세요

남편

당신 심심하지?
이것은 사람을 웃기는 벌레 이야기다
미리 운을 뗀 것도 잊어버리고
듣다 보면 갈갈, 깔깔깔…
재밌게 듣다가도 일어서기라도 하면
방금 톱질이 끝난 나무처럼 픽 쓰러진다
죽은 듯이 넘어져 무슨 벌레처럼
문을 가로막고 꼼짝도 안 한다
툭, 툭툭 건드려도
연기자를 뺨치는 묵묵부답
다시 의자에 앉으면
번개처럼 살아서 벌떡 일어나는
저 남자
내가 웃어야, 웃어야 살아난다는
이따금 우울과 무거운 침묵을 갉아먹고
우화등선한다는
사람 웃기는 벌레가 있단다

핫팩

밖은 추워
엄마 손이라고 생각하고
안에 잘 넣어둬

너도 알지?
엄마가 네 안에 있듯이
따뜻한 것들은 안에 있는 거야

생각날 때마다 가만히 만져봐
엄마 손처럼
금방 따뜻해질 거야

한 가지만 기억해
속을 열어보려 하지 마
사랑은 버려지지 않는 너와 나의 비밀이니까

자, 이제 학교 잘 다녀와
엄만 항상 네 안에 있어

방바닥

내가 온다고
보일러 틀고, 요를 깔고
이불을 덮어 놓고,

기다리는 사이
차를 끓이고,

한겨울 바닥까지
펄펄 끓는

사랑

엄마의 손가락

엄마에게 너는
깨물지 않아도 항상
아픈 손가락

길고 짧고 굵고 가는
열 손가락 모두가
엄마에겐 제일 손가락

검지야
엄지로 항상 엄지척을 했어도
엄지만 제일이었던 게 아니야

엄지 검지 다 같은 손가락
하나라도 아프면
엄만 아무것도 못 집어

엄마의 검지는 지금
생인손을 앓는
사철 아픈 손가락

눈치

눈빛부터
움직이는 사랑은 동사

외출하려고
옷을 입는 낌새만 보이면
득달같이 현관으로 달려가
신발부터 신는

세 살배기
우리 딸

산

높아도 부모 낮아도 부모
작아도 자식 커도 자식

힘들 때도 지칠 때도
때 없이 기대고 산다

멀리 떠났다 돌아와도
따뜻하게 안아주는 품

설움 녹는 품속에서
한 뼘 더 자라는 아이

괜찮다 괜찮다 다 괜찮다
아프지 말고 아무 때나 와라

자식 있어서 부모고
자식 있어 기다리며 산다

콩나물무침

사랑은
알려줘도 모르는 레시피를 갖고 있다

아무리 설명을 해줘도
도무지 알 수 없는
기가 막힌 이 맛

비밀을 풀지 못한 혀가
순식간에 한 접시를 해치우곤
입맛을 다시다가 또 묻는다

여보!
이걸 어떻게 만든다고?

| 나가는 말 |

사랑, 그 아름답고 신비로운 세계 우리는 태어나면서부터 어머니의 눈과 마주치며 사람의 마음을 보았고, 그 마음이 내주는 생명의 젖을 먹으며 자랐다. 어머니는 내 최초의 시였고, 시는 내 최초의 어머니였다.

나는 한 번 억지를 부린다. 이 사랑의 시들을 쓰는 동안 시가 나를 나았다고. 나는 다시 태어난 사랑의 시손詩孫이라고.

해설

■ 해설

사랑의, 사랑에 의한, 사랑을 위한 철학적 언어

— 이종성의 시 세계

권 온(문학평론가)

1.

이종성의 시 세계를 이해하기 위해서는 필수적으로 '자연'을 염두에 두어야 한다. 그의 시에는 '산' '숲' '바람' 등 자연을 향한 남다른 관심과 지향이 가득하다. 1993년 이후 시인으로서 꾸준히 활동하고 있는 이종성은 다수의 문학상을 수상하며 문단의 인정을 받았고, 서울시 중등교사로서 학생들과 소통한 바도 있다.

이번 시집은 이종성의 시 세계에서 새로운 전환점이 될 것으로 예상된다. 시집 『별들도 카톡을 한다』는 그가 기존부터 전개해온 자연을 향한 지향성의 계승인 동시에 새로운 전환점으로서의 '사랑'의 탄생이기도 하다.

이종성이 이번 시집에서 펼치는 사랑의 향연은 '아버

지' '엄마' '어머님' '부모' '자식' 등 다양한 인물들을 포괄한다. 그가 생산한 소중한 사랑 시편의 구체적인 세목을 확인함으로써, 우리는 새롭게 시작하는 통합의 시대와 공존의 사회를 벅찬 감동 속에서 맞이할 수 있을 것이다.

2.

꽃이 그냥 피고
나비가 저절로 오나요?

보고 싶어야 보고 싶은 것들이 옵니다
꽃도 보고 싶어 피고
나비도 보고 싶어 오는 것이랍니다

서로 보고 싶어 할 때
보고 싶은 것들이 옵니다
이 세상 보고 싶어
그대도 왔고 나도 왔습니다

하늘도 땅도 서로 보고 싶어서
보고 싶어서 마주보고 삽니다

—「꽃과 나비」 전문

시적 화자 '나'가 이 시에서 강조하는 메시지는 2연 1

행의 "보고 싶어야 보고 싶은 것들이 옵니다"라는 진술에 담겨있다. 여기에는 이종성 시인의 생각, 사유, 철학이 풍성하게 담겨있다. '나'에 의하면 '보고 싶다'라는 마음의 물결이 출렁일 때, "이 세상"의 모든 기적은 비로소 시작이 가능하다. '보고 싶다'라는 정서 또는 감정이, 간절한 마음의 움직임이 일어날 때, 우리를 둘러싼 사물은 피어나고, 다가오며, 살아날 수 있기 때문이다.

"꽃"이 피기 위해서도, "나비"가 오기 위해서도, "그대"가 오거나 "나"가 오기 위해서도, '보고 싶다'라는 마음은 필수적으로 요청된다. 특히 '보고 싶다'라는 마음은 "서로"라는 각별한 조건 속에서 더욱 크고 넓게 확장될 수 있다. 곧 '그대'와 '나'가 '서로' 보고 싶을 때, '하늘'과 '땅'도 '서로' 보고 싶을 때, 마음의 교류와 세상의 공존이 가능할 것이다.

누구나 바닥을 갖고 산다

마룻바닥에 묻은 얼룩
닦으려고 다시 찾으려는데
잘 보이지가 않는다

엇비슷한 널마루 무늬들
속에 교묘히 숨은 것일까?
아니면, 다른 마루판들이 몰래

가려주고 있는 것은 아닐까?

그만 단념하고 발을 떼니
발아래서 슬그머니
계면쩍게 나타난다

하, 그동안 나는 내 발아래 티는 못 보고
다른 사람의 티만 보고 살았구나
바닥을 다 보이기 전에
얼른 닦는 바닥

누구나 바닥에 얼룩을 묻히고 산다
바닥의 얼룩을 밟고 산다

—「얼룩」 전문

이종성은 앞의 시 「꽃과 나비」에서 '그대'와 '나'와 '서로'를 강조한 바 있다. 그는 이번 시 「얼룩」에서 "나"와 "다른 사람"과 "누구나"를 제시한다. 시인은 시적 화자 '나'를 홀로 세우는 대신 '그대'나 '다른 사람' 등 '나'와 교류하고 협력하며 시너지synergy를 낼 수 있는 누군가를 함께 배치한다. '서로'와 '누구나'는 통합과 공존을 지향하는 이종성의 시 세계에서 긴요한 역할을 담당하는 셈이다.

시인은 "다른 사람의 티만 보고 살았"던 '나'를 내세움으로써 독자들에게 반성과 성찰의 계기를 제공한다. 이종성은 "누구나 바닥에 얼룩을 묻히고" 살고, 누구나 "바닥의 얼룩을 밟고" 살아가고 있음을 일깨운다. 그의 제안처럼 우리는 "내 발아래 티"를 놓치지 말아야 하고, 자신에게 속한 '바닥'과 '얼룩'을 인식하고 인정하며 긍정해야 할 테다.

적막한 별밤
누군가의 이름이 떠올라
하늘을 바라보면 유난히 반짝이는
별들이 보인다

가물가물하던 별들이 저렇게
일등성의 눈동자로 빛나는 걸 보니
지금 분명 누군가
저 별들의 이름을 불렀나 보다

이름을 부른다는 것은
그를 부활시켜 주는 일
누구일까? 저 아득한 하늘까지
목소리를 전하는 그는

어떤 별일까?
제 존재를 호명하는 목소리에 반짝이는 별은,
반짝인다는 것은
온 힘으로 화답하는 일

이제 나도 가만히
한 이름을 불러볼 때
광막한 하늘을 가로지르는 저음으로
너를 불러볼 때

—「너를 부른다」 전문

이종성이 이번 시집에서 집중하는 대상 중 하나는 '별(들)'이다. 그가 이 시에서 제시하는 "별" 또는 "별들"은 "하늘" "별밤" "일등성" 등의 어휘와 연결되면서 하나의 유의미한 계열을 형성한다.

'별(들)'과 함께 이번 시에서 주목되는 단어는 "이름"이다. '이름'은 "부른다" "호명" "목소리" "저음" 등의 어휘와 관련되면서 또 하나의 의미 있는 계열을 구성한다. 이 시에는 시적 화자 '나'와 '너' '그' 등의 인물들이 '존재'의 영역에 위치한다. "이름을 부른다는 것은/ 그를 부활시켜 주는 일"이라는 3연 1행~2행의 진술을 읽으며, 독자들은 김춘수 시인의 시 「꽃」을 생각하거나, 시와 언어와 존재의 관련성을 이야기한 하이데거Martin Heidegger의 철학을 떠올릴 수도 있을 것이다.

그 여자가, 맞은편에
물잔처럼 다소곳이 앉은 그 여자가
내 앞에 놓인 수저를 가슴에 가져다

잠시, 손에 쥐고 품는다

그 여자의 아버지가 그랬다며
옛적 자기 아버지가 그랬다며
품었던 수저를 이내 되돌려준다

아주 잠깐인데도
그 아버지의 체온에 그 여자의 체온이 더해져
따뜻한 온기가 가만히
시린 내 손을 덥혀준다

먼 먼 사랑이 수저에서 수저로
유전되어 오늘 내게로 건너오는
이 눈 내리는 겨울 점심시간

—「그 여자와 수저」 전문

이 시에서 핵심 역할을 담당하는 인물은 "그 여자"이다. 어쩌면 시적 화자 '나'는 배가 고파서 식사하려고 어느 식당에 들어갔을 수 있다. 특이하게도 '그 여자'는 "내 앞에 놓인 수저를" "손에 쥐고 품는다" '그 여자'는 "자기 아버지"에게 '수저 품기'를 배웠다고 한다.

'수저 품기'란 무엇인가? 그것은 "그 아버지의 체온"과 "그 여자의 체온이 더해져", 형성하는 "따뜻한 온기"이자 "사랑"이다. '아버지'의 사랑이 '딸'의 사랑으로 "유전되어", 전달되는 시나리오는 매력적이다. "눈 내리는 겨울"

이라는 '추위'를 뚫고 "점심" "수저"로 연결되는 음식, 식사의 '온기'는 마침내 "내게로 건너"온다. 드라마 〈폭싹 속았수다〉의 인물들이 떠오른다. 드라마 속의 '양관식'과 '양금명'처럼, "그 여자의 아버지"와 "그 여자"는 서로를 생각할 것이다. 사랑은 여전히 계속된다.

> 늦으면 안 돼
> 아니, 이미 늦은 건 아닐까?
>
> 삼십이고 사십이고 오십이고
> 지금은 그걸 따질 때가 아니야
> 제때 못 간 사랑엔 과태료가 붙어
>
> 오늘따라 방지 턱도 신호등도 참 많네
> 빨리 가야 하는데, 자꾸만 늦네
> 어떡하나 어떡하나 그래도 기다려줄까?
>
> 네게 갈 때면 생기는 이 조바심
> 이렇게 또 맹렬해지네
> 괜찮아 사랑에는 제한속도가 없어
>
> 밟아
> 나 오늘 과속이다
>
> —「사랑의 과태료」 전문

이번 시에서도 이종성의 "사랑" 탐구는 지속된다. 시적 화자 '나'에게는 '사랑'을 향한 "조바심"이 있다. "삼십이고 사십이고 오십이고", '사랑'이 찾아오는 시기는 다양하지만, "빨리 가야 하는데, 자꾸만 늦네/ 어떡하나 어떡하나 그래도 기다려줄까?" "아니, 이미 늦은 건 아닐까?"라는 식의 불안이 '나'를 둘러싸고 있는 것이다.

시인은 늦게 찾아오는 '사랑'에 대한 염려를, "과태료" "방지 턱" "신호등" 등 운전 관련 어휘를 사용하여 형상화한다. '과태료'나 '방지턱' 또는 '신호등'은 차량의 속도를 제한하고 '사랑'의 이동을 방해하는 것이다.

그러나 이종성의 '사랑'을 향한 지향성은 쉬이 그치지 않는다. 그가 추구하는 '사랑'은 "맹렬"하다. "사랑에는 제한속도가 없어" "나 오늘 과속이다" 등의 발언은 이를 입증하는 사례가 된다. 우리는 이 지점에서 작가 스베틀라나 알렉시예비치Svetlana Alexievich의 다음 언급을 생각해야겠다. "사랑을 붙드세요. 그것 말고는 아무것도 없습니다."

불을 켜니,
벽에 비스듬히 서로 기대고 서 있다
어둡고 습습한 시간
함께 물기를 말려주며 보송보송해진 두 짝
아무렇게나 생각 없이 기댔다가
픽 쓰러졌던

기억들이라도 있는 것일까?
기울었으나 한쪽으로 치우치지 않고
혼자서는 이루지 못하는
완벽한 균형과 대칭
온통 사방이 미끄러운 바닥에서
낙상을 면하는 일은
같이 기대는 거였다
저렇게 넘어지지 않는 것들은 서로
같은 기울기를 갖고 있다

—「슬리퍼」 전문

시인의 중요한 특징 중 하나는 사물의 핵심을 잘 관찰한다는 사실과 무관하지 않다. 이종성의 시 「슬리퍼」는 뛰어난 관찰자로서의 시인의 면모를 적절하게 보여주는 예시이다. 누군가 욕실에서 샤워를 마치고 "두 짝"의 "슬리퍼"를 "벽"에 "기대"어 놓았다. 이종성이 "어둡고 습습한 시간" 속에서 "함께 물기를 말려주며 보송보송해진 두 짝"의 '슬리퍼'에 주목한 이유는 무엇일까? 그는 슬리퍼의 '두 짝'이 "서로 기대고 서 있다"라는 사실을 강조한다.

'한 짝'이 아닌 '두 짝'의 '슬리퍼'가 "같이 기대는" 상황이 긴요하다. "혼자서는 이루지 못하는/ 완벽한 균형과 대칭"을 두 짝의 슬리퍼에서 찾아낸 시인의 집중력이 대단하다. 사소하거나 비근한 사물, 대상에게서 사색과 성찰의 힘을 추출한다는 점에서, 이종성 시인은 일상의 철학자로서 손색이 없고, 그의 언어는 철학적 시로서 규정 될 수 있다.

들어봤니?
별톡, 별톡, 별톡……
어둠마저 껍질을 벗는 심야의 하늘
천국의 밤을 찾아온 별들이 사랑에 빠져
밤새 톡을 하는 소리
사랑하면 저리 빛이 난다
별빛이 톡톡 튀면서
반딧불이처럼 반짝반짝 빛나
이 하늘 저 하늘가
구석 없는 별들의 보석 같은 사랑
사랑만이 아름답게 빛난다는 걸
정작 저희들만 모른 채
세상을 온통 생명의 빛으로 채우는
별들의 아우성,
어느 집 아기별이 깨어나는 새벽에 이르도록
속닥속닥 아무도 모르게 나누는
찬란한 별들의 속말
별톡, 별톡, 별톡
저 광막한 하늘에 빛 방울
톡톡 터지는
눈부신 별들의 사랑

—「별들도 카톡을 한다」 전문

이 시는 시집의 제목과 동일한 제목을 지닌 표제시이다. 이 작품을 구성하는 2개의 핵심어는 "별들"과 "카톡"일 수 있다. '별들'은 '자연自然'을 대표하는 단어이고, '카톡'은 '인공人工'을 대표하는 단어인데, 이종성은 '별들'과 '카톡'의 접점에 "별톡"이라는 개성적인 시어詩語를 내세운다.

'별들'과 함께 자연을 구성하는 어휘에는 "심야" "하늘" "반딧불이" "은하" 등이 있고, "빛" "보석" "천국" 등의 어휘도 '별들'과 연결된다. '카톡'은 글로벌 모바일 메시지 서비스 '카카오톡Kakao Talk'의 줄임말로서 현대인의 삶에 깊이 관련되어 있는 테크놀로지technology에 해당한다. 시인이 제시하는 '별톡'은 '별'과 '카톡'의 조화, 통합, 공존을 의미한다. '카톡'과 '별톡'에서의 '톡'은 "소리" "속말" "아우성" 등으로 변주되면서 말, 언어, 표현의 내밀한 드라마를 인간과 자연 깊숙이 성공적으로 전송한다. 특히 이 시의 마지막 행에 해당하는 "눈부신 별들의 사랑"은 이종성의 이번 시집이 '사랑'의, '사랑'에 의한, '사랑'을 위한 시집임을 암시한다.

네가 있는 곳이
내가 있는 곳이다

그러면 그렇지 네가 간들 어디를 갈까
인도양 저 너머에서 용케

나를 찾아 끝없이 밀려오는 파도
도저한 물결로 백사장은 넓어지고
하얀 포말로 바다가 넘친다

함께 가는 것이 사랑이다
바다는 첫 문장부터 밑줄을 친다
시원한 바람을 일으켜
플루메리아 꽃향기를 퍼트리며
야자수 이파리를 흔든다

네가 나의 존재 이유다
머리 위에서 빛나는 별들의 말들
밤하늘이 찬란하다

모든 사랑은 바다를 품고 있다
너에게서 들리는 바다의 흰 목소리

—「나트랑 밤바다」 전문

이종성은 시를 쓸 줄 아는 시인이고, 예술의 본질을 파악한 예술가이다. 그는 구체성의 힘을 적극적으로 구현한다. 시인은 이 시의 제목을 단순하게 '바다'로 설정하지 않았다. 그는 '바다'를 '밤'과 결합하여 '밤바다'로 만들고, 이를 '나트랑 밤바다'로 규정함으로써 독자들을 베트남의 구체적인 시공時空으로 초대하고 있는 것이다.

이종성이 주목하는 '바다'는 "파도" "물결" "백사장"

"포말" 등과 연결되고, '밤'은 "별들" "하늘"과 조우한다. '바다'와 '밤' 관련 어휘가 결합하여 어우러지는 특유의 분위기는 "인도양" "플루메리아 꽃향기"와 조화를 이루며 이 시의 구체성을 심화하고 확장한다.

시인은 이 작품에서 "문장" "밑줄" "말들"을 소환하면서 언어, 표현, 시의 가능성을 극대화하고, 궁극적으로 "함께 가는 것이 사랑이다"라는 3연 1행의 감동적인 진술을 생산함으로써 로맨티스트로서의 면모를 과시한다.

고요해라, 고요해야 보인다
조급하면 놓치고
어지러운 자리에서는 나지 않는다
가을 솔밭에 들면 가만히 올라오는 어머님의 말씀
사분사분 각시의 걸음으로
아침 햇살 비껴드는 솔밭으로 간다
이 얼마나 맑고 고요한 곳이냐
그 옛적 장정 같던 울 아버지 닮은
우람한 소나무 아래 황금빛 솔잎 머리에 인 채
막 올라오며 눈 뜨고 있는 미인 송이
어느 개안이 이토록 향기롭고 황홀하더냐
이제 막 산을 물들이기 시작한 바람에 들켜
수줍은 미소를 짓고 있는데, 훠이 훠이
바람은 십 리 밖으로 양 떼처럼 구름을 몰아가고
구름은 쫓기다가 얼른 산 뒤로 숨는다
저 아래 계곡물은 쏼쏼 산간을 떠나고

곰비임비 첩첩 이마가 빛나는 산봉우리들
나는 다시 먼 산 바라보다 향기를 따라간다
오, 이 옹골찬 아름드리 소나무들
숲의 뒤란에는 빙기옥설 송이가 산다
어머님의 그 희디흰 말씀이 산다

—「솔의 뒤란」 전문

이 시의 배경을 형성하는 어휘로는 "솔" "솔밭" "솔잎" "소나무" "소나무들" 등이 있다. 시적 화자 '나'는 "솔밭에 들"때, "어머님의 말씀"을 생각한다. "고요해라, 고요해야 보인다/ 조급하면 놓치고/ 어지러운 자리에서는 나지 않는다" 어머님이 이야기하는 고요해야 보이고, 조급하면 놓치며, 어지러운 자리에서는 만날 수 없는 대상은 무엇인가? 그것은 바로 "솔의 뒤란에" 위치한 "송이"이다.

"우람한 소나무 아래"에 숨어있는, "옹골찬 아름드리 소나무들" 사이에 위치한 '송이'는 "맑고 고요한 곳"에서만 만날 수 있는 귀한 대상이다. 조급함을 버리고, 고요함과 침착함을 준비할 때, 우리는 비로소 송이를, 송이와 같이 귀한 사물을 얻게 된다는 "어머님의 그 희디흰 말씀"은 어지럽고 혼란한 시대를 살아가는 현대인들을 위한 소중한 제안이 된다. 또한 '그 말씀'을 옮겨 심는 이종성의 시는 맑고 고요한 결정체로서의 송이를 닮은 귀한 언어가 된다.

아버지, 줄은 왜 끊어지는 것일까요?

아버지 줄 끊어질 때마다 아득한 하늘 너머로 하늘하늘 사라지던 유년의 가오리연이 보입니다. 밤마다 엄마 발과 묶어놓은 줄 끊어버리고, 꼭꼭 잠근 대문 용케도 열고 소리 없이 나가시는, 더는 줄에 묶이지 않는 심야의 어둠 속 그림자 아버지

마당가 대추나무 푸른 잎새 뒤에 붉어진 대추 불룩한 눈두덩이에도 방울방울 물방울 맺히는 오늘, 아버지 집 떠나시네요. 아시나요? 평생 저희 남매 키우며 엄마와 사셨던 북한산 아래 솔샘길 우리 집 떠나서 가시는 곳 어딘지요?

아버지! 대문 문턱을 넘다 멈칫 뒤를 돌아보시는 아버지, 제 가오리연은 어디로 날아간 것일까요? 혹여 그 연 주우러 가시려는 건가요? 가시면, 아버지의 그리움도 날마다 자라 인수봉처럼 커질 거예요. 엄마도 우리도 매일 보고 싶으실 테니까요. 아버지, 마당에 산그림자 지면 아버지인 줄 알게요.

아버지! 우린 절대 이사 가지 않을 거예요. 꼼짝도 하지 않는 저 산처럼요.

—「작별」 전문

앞에서 살핀 시 「솔의 뒤란」이 "어머님"을 중심에 둔 작품이었다면, 이번에 다룰 시 「작별」은 "아버지"와 강하게 결속된 작품이다. 시의 제목에서부터 알 수 있듯이, 이 시는 '아버지'와 나머지 가족 구성원들 사이의 "작별" 또는 '이별'을 형상화한다.

'아버지' "엄마" "남매(우리)"로 구성되는 '가족'은 이제 '아버지'와의 '작별'을 통해서 새로운 단계에 진입한다. 이종성은 아버지와의 작별을 '끊어진 줄'로서 규정하는데, 인연因緣과 회자정리會者定離를 생각할 수 있는 대목이다.

이 시에서 시인은 '남매' 또는 자식의 입장에서 "북한산 아래 솔샘길 우리 집"을 떠나지 않을 것을 다짐한다. 비록 아버지가 "대문 문턱을 넘"어서 "하늘 너머" "심야의 어둠" 등 "가시는 곳"으로 이동했다고 해도, '남매'에게는 또 '엄마'에게는 아직 "매일 보고 싶"은 마음이 크기 때문이다. 요컨대 아버지를 향한 "그리움도 날마다 자라 인수봉처럼 커질 거예요."라는 구체성을 확보한 진술이나 "마당에 산그림자 지면 아버지인 줄 알게요."라는 절절한 호소는 독자들의 심금을 울리기에 부족함이 없다.

높아도 부모 낮아도 부모
작아도 자식 커도 자식

힘들 때도 지칠 때도

때 없이 기대고 산다

멀리 떠났다 돌아와도
따뜻하게 안아주는 품

설움 녹는 품속에서
한 뼘 더 자라는 아이

괜찮다 괜찮다 다 괜찮다
아프지 말고 아무 때나 와라

자식 있어서 부모고
자식 있어 기다리며 산다

—「산」 전문

복합성의 성격을 지닌 시가 여기에 있다. 이 시는 하나의 방향만을 가리키지 않는다. 여기에는 다양한 요소가 녹아있고, 다채로운 항목이 조화롭게 어우러진다. 이종성이 이 시에서 설정한 하나의 방향은 "산"과 관련되고, 다른 하나의 방향은 "부모" "자식"과 연결된다. 그는 '산'을 바라보며 '부모'를 생각하고, '산'을 생각하며 '자식'을 바라본다.

시인은 이 시의 1연에서 "높아도 부모 낮아도 부모/ 작아도 자식 커도 자식"이라는 어구를 제안한다. 그는 독자들에게 '부모'는 높고 낮음으로 평가할 수 있는 대상이 아니고 '자식' 역시 크고 작음으로 재단할 수 있는 대상이 아님을 알려준다. 또한 '부모'와 '자식'의 자리에 '산'을 대입할 수도 있으니, 우리는 높은 산도 산이고 낮은 산도 산이며, 작은 산도 산이고 큰 산도 산임을 알 수 있다.

이 시를 읽는 이들은 이종성이 선택한 '기대다' '안아주다' '기다리다' '살다' 등의 동사에 주목하게 된다. 우리는 '부모'와 '자식'이 서로 기대거나 안아줄 수 있는 관계이고, 서로 기다리며 살아가는 관계라는 점을 새삼 깨닫는다. 독자들은 인간이 형성하는 관계 중에서 가장 내밀하면서도 아름다운 위치에 '부모'와 '자식'이 있음을 수긍하게 되는 것이다. 그러므로 우리는 "자식 있어서 부모고", '부모 있어서 자식'이라는 표현을 되새기며 오늘도 살아갈 힘을 얻는다.

3.

이종성의 시집 『별들도 카톡을 한다』를 살피었다. 필자는 그의 시편詩篇을 정독하면서 맑고 부드러운 바람을 맞이하는 것과 같은 경험에 노출되었다. 시인의 시는 혼탁하고 어지러운, 불편하고 불안한 요소들이 잠식한 현대 사회를 순화하고 정화하는, 시적 공기청정기의 역할을 담당하고 있기 때문이다.

아마도 이종성의 이번 시집을 규정하는 결정적인 핵심어는 '사랑'일 테다. 필자가 이 글에서 다룬 시인의 시들 중에서 '사랑'을 직접적으로 언급한 작품으로는 「그 여자와 수저」「사랑의 과태료」「별들도 카톡을 한다」「나트랑 밤바다」 등이 있다.

그런데 '사랑'을 직접적으로 언급하지 않은 시들에도 '사랑'의 분위기는 내재한다. 곧 '보고 싶다'라는 정서를 드러내는 시 「꽃과 나비」, '이름을 부르는' 행위를 제시하는 시 「너를 부른다」, '두 짝'의 '슬리퍼'가 보여주는 '균형과 대칭'을 표현하는 시 「슬리퍼」, '어머님'이 등장하는 시 「솔의 뒤란」, '아버지'를 소환하는 시 「작별」, '부모'와 '자식'이 함께 등장하는 시 「산」 등 이종성이 생산한 다수의 시들은 간접적이거나 암시적인 방식으로 '사랑'을 소환하고 있기 때문이다.

밥 말리Bob Marley는 '사랑'과 관련하여 다음과 같이 이야기하였다. "당신이 사는 삶을 사랑하라. 당신이 사랑하는 삶을 살아라.Love the life you live. Live the life you love." 밥 말리의 언급에서 우리는 '사랑'과 '삶'이 동의어임을 깨닫는다. 이종성이 강조하는 '사랑'은 '삶'과 같은 의미를 담고 있는 셈이다. 그러므로 필자는 '사랑'과 '삶'을 철학적 언어로 표현하는 이종성 시인의 시 세계가 앞으로도 더욱 굳건하게 확장되고 심화되기를 간절한 마음으로 소망한다.

황금알 시인선

01 정완영 시집 | 구름 山房산방
02 오탁번 시집 | 손님
03 허형만 시집 | 첫차
04 오태환 시집 | 별빛들을 쓰다
05 홍은택 시집 | 통점痛點에서 꽃이 핀다
06 정이랑 시집 | 떡갈나무 잎들이 길을 흔들고
07 송기흥 시집 | 흰뺨검둥오리
08 윤지영 시집 | 물고기의 방
09 정영숙 시집 | 하늘새
10 이유경 시집 | 자갈치통신
11 서춘기 시집 | 새들의 밥상
12 김영탁 시집 |새소리에 몸이 절로 먼 산 보고 인사하네
13 임강빈 시집 | 집 한 채
14 이동재 시집 | 포르노 배우 문상기
15 서 량 시집 | 푸른 절벽
16 김영찬 시집 | 불멸을 힐끗 쳐다보다
17 김효선 시집 | 서른다섯 개의 삐걱거림
18 송준영 시집 | 습득
19 윤관영 시집 | 어쩌다, 내가 예쁜
20 허 림 시집 | 노을강에서 재즈를 듣다
21 박수현 시집 | 운문호 붕어찜
22 이승욱 시집 | 한숨짓는 버릇
23 이자규 시집 | 우물치는 여자
24 오창렬 시집 | 서로 따뜻하다
25 尹錫山 시집 | 밥 나이, 잠 나이
26 이정주 시집 | 홍등
27 윤종영 시집 | 구두
28 조성자 시집 | 새우깡
29 강세환 시집 | 벚꽃의 침묵
30 장인수 시집 | 온순한 뿔
31 전기철 시집 | 로깡땡의 일기
32 최을원 시집 | 계단은 잠들지 않는다
33 김영박 시집 | 환한 물방울
34 전용직 시집 | 붓으로 마음을 세우다
35 유정이 시집 | 선인장 꽃기린
36 박종빈 시집 | 모차르트의 변명
37 최춘희 시집 | 시간 여행자
38 임연태 시집 | 청동물고기
39 하정열 시집 | 삶의 흔적 돌
40 김영석 시집 | 거울 속 모래나라
41 정완영 시집 | 詩菴시암의 봄
42 이수영 시집 | 어머니께 말씀드리죠
43 이원식 시집 | 친절한 피카소
44 이미란 시집 | 내 남자의 사랑법法
45 송명진 시집 | 착한 미소
46 김세형 시집 | 찬란을 위하여
47 정완영 시집 | 세월이 무엇입니까
48 임정옥 시집 | 어머니의 완장
49 김영석 시선집 | 모든 구멍은 따뜻하다
50 김은령 시집 | 차경借憬
51 이희섭 시집 | 스타카토
52 김성부 시집 | 달항아리
53 유봉희 시집 | 잠깐 시간의 발을 보았다
54 이상인 시집 | UFO 소나무
55 오시영 시집 | 여수麗水
56 이무권 시집 | 별도 많고
57 김정원 시집 | 환대
58 김명린 시집 | 달의 씨앗
59 최석균 시집 | 수담手談
60 김요아킴 야구시집 | 왼손잡이 투수
61 이경순 시집 | 붉은 나무를 찾아서
62 서동안 시집 | 꽃의 인사법
63 이여명 시집 | 말뚝
64 정인목 시집 | 짜구질 소리

65 배재열 시집 | 타전
66 이성렬 시집 | 밀회
67 최명란 시집 | 자명한 연애론
68 최명란 시집 | 명랑생각
69 한국의사시인회 시집 | 닥터 K
70 박장재 시집 | 그 남자의 다락방
71 채재순 시집 | 바람의 독서
72 이상훈 시집 | 나비야 나비야
73 구순희 시집 | 군사 우편
74 이원식 시집 | 비둘기 모네
75 김생수 시집 | 지나가다
76 김성도 시집 | 벌락마을
77 권영해 시집 | 봄은 경력 사원
78 박철영 시집 | 낙타는 비를 기다리지 않는다
79 박윤규 시집 | 꽃은 피다
80 김시탁 시집 | 술 취한 바람을 보았다
81 임형신 시집 | 서강에 다녀오다
82 이경아 시집 | 겨울 숲에 들다
83 조승래 시집 | 하오의 숲
84 박상돈 시집 | 와! 그때처럼
85 한국의사시인회 시집 | 환자가 경전이다
86 윤유점 시집 | 내 인생의 바이블 코드
87 강석화 시집 | 호리천리
88 유 담 시집 | 두근거리는 지금
89 엄태경 시집 | 호랑이를 탔다
90 민창홍 시집 | 닭과 코스모스
91 김길나 시집 | 일탈의 순간
92 최명길 시집 | 산시 백두대간
93 방순미 시집 | 매화꽃 펴야 오것다
94 강상기 시집 | 콩의 변증법
95 류인채 시집 | 소리의 거처
96 양아정 시집 | 푸줏간집 여자
97 김명희 시집 | 꽃의 타지마할
98 한소운 시집 | 꿈꾸는 비단길
99 김윤희 시집 | 오아시스의 거간꾼
100 니시 가즈토모(西一知) 시집 | 우리 등 뒤의 천사
101 오쓰보 레미코(大坪れみ子) 시집 | 달의 얼굴
102 김 영 시집 | 나비 편지
103 김원옥 시집 | 바다의 비망록
104 박 산 시집 | 무야의 푸른 샛별
105 하정열 시집 | 삶의 순례길
106 한선자 시집 | 울어라 실컷, 울어라
107 김영철 어린이시조집 | 마음 한 장, 생각 한 겹
108 정영운 시집 | 딴청 피우는 여자
109 김환식 시집 | 버팀목
110 변승기 시집 | 그대 이름을 다시 불러본다
111 서상만 시집 | 분월포芬月浦
112 잇시키 마코토(一色真理) 시집 | 암호해독사
113 홍지헌 시집 | 나는 없네
114 우미자 시집 | 첫 마을에 닿는 길
115 김은숙 시집 | 귀뚜
116 최연홍 시집 | 하얀 목화꼬리사슴
117 정경해 시집 | 술항아리
118 이월춘 시집 | 감나무 맹자
119 이성률 시집 | 둘레길
120 윤범모 장편시집 | 토함산 석굴암
121 오세경 시집 | 발톱 다듬는 여자
122 김기화 시집 | 고맙다
123 광복70주년,한일수교 50주년 기념 한일 70인 시선집 | 생의 인사말
124 양민주 시집 | 아버지의 늪
125 서정춘 복간 시집 | 죽편竹篇
126 신승철 시집 | 기적 수업
127 이수익 시집 | 침묵의 여울
128 김정윤 시집 | 바람의 집
129 양 숙 시집 | 염천 동사炎天 凍死

130 시문학연구회 하로동선夏爐冬扇 시집 | 안개가 자욱한 숲이다
131 백선오 시집 | 월요일 오전
132 유정자 시집 | 무늬
133 허윤정 시집 | 꽃의 어록語錄
134 성선경 시집 | 서른 살의 박봉 씨
135 이종만 시집 | 찰나의 꽃
136 박중식 시집 | 산곡山曲
137 최일화 시집 | 그의 노래
138 강지연 시집 | 소소
139 이종문 시집 | 아버지가 서 계시네
140 류인채 시집 | 거북이의 처세술
141 정영선 시집 | 만월滿月의 여자
142 강흥수 시집 | 아비
143 김영탁 시집 | 냉장고 여자
144 김요아킴 시집 | 그녀의 시모노세끼항
145 이원명 시집 | 즈믄 날의 소묘
146 최명길 시집 | 히말라야 뿔무소
147 시문학연구회 하로동선夏爐冬扇 시집 2 | 출렁, 그대가 온다
148 손영숙 시집 | 지붕 없는 아이들
149 박 잠 시집 | 나무가 하늘뼈로 남았을 때
150 김원욱 시집 | 누군가의 누군가는
151 유자효 시집 | 꼭
152 김승강 시집 | 봄날의 라디오
153 이민화 시집 | 오래된 잠
154 이상원李相源 시집 | 내 그림자 밟지 마라
155 공영해 시조집 | 아카시아 꽃숲에서
156 미즈타 노리코(水田宗子) 시집 | 귀로
157 김인애 시집 | 흔들리는 것들의 무게
158 이은심 시집 | 바닥의 권력
159 김선아 시집 | 얼룩이라는 무늬
160 안평옥 시집 | 불벼락 치다
161 김상현 시집 | 김상현의 밥詩
162 이종성 시집 | 산의 마음
163 정경해 시집 | 가난한 아침
164 허영자 시집 | 투명에 대하여 외
165 신병은 시집 | 곁
166 임채성 시집 | 왼바라기
167 고인숙 시집 | 시련은 깜찍하다
168 장하지 시집 | 나뭇잎 우산
169 김미옥 시집 | 어느 슈퍼우먼의 즐거운 감옥
170 전재욱 시집 | 가시나무새
171 서범석 시집 | 짐작되는 평촌역
172 이경아 시집 | 지우개가 없는 나는
173 제주해녀 시조집 | 해양문화의 꽃, 해녀
174 강영은 시집 | 상냥한 시론詩論
175 윤인미 시집 | 물의 가면
176 시문학연구회 하로동선夏爐冬扇 시집 3 | 사랑은 종종 뒤에 있다
177 신태희 시집 | 나무에게 빚지다
178 구재기 시집 | 휘어진 가지
179 조선희 시집 | 애월에 서다
180 민창홍 시집 | 캥거루 백bag을 멘 남자
181 이미화 시집 | 치통의 아침
182 이나혜 시집 | 눈물은 다리가 백 개
183 김일연 시집 | 너와 보낸 봄날
184 장영춘 시집 | 단애에 걸다
185 한성례 시집 | 웃는 꽃
186 박대성 시집 | 아버지, 액자는 따스한가요
187 전용직 시집 | 산수화
188 이효범 시집 | 오래된 오늘
189 이규석 시집 | 갑과 을
190 박상옥 시집 | 끈
191 김상용 시집 | 행복한 나무
192 최명길 시집 | 아내
193 배순금 시집 | 보리수 잎 반지
194 오승철 시집 | 오키나와의 화살표
195 김순이 시선집 | 제주야행濟州夜行

196 오태환 시집 | 바다, 내 언어들의 희망 또는 그 고통스러운 조건
197 김복근 시조집 | 비포리 매화
198 시문학연구회 하로동선夏爐冬扇 시집 4 | 너에게 닿고자 불을 밝힌다
199 이정미 시집 | 열려라 참깨
200 박기섭 시집 | 키 작은 나귀 타고
201 천리(陳黎) 시집 | 섬나라 대만島/國
202 강태구 시집 | 마음의 꼬리
203 구명숙 시집 | 뭉클
204 옌즈(閻志) 시집 | 소년의 시少年辞
205 문학청춘작가회 동인지 2 | 그날의 그림자는 소용돌이치네
206 함국환 시집 | 질주
207 김석인 시조집 | 범종처럼
208 한기팔 시집 | 섬, 우화寓話
209 문순자 시집 | 어쩌다 맑음
210 이우디 시집 | 수식은 잊어요
211 이수익 시집 | 조용한 폭발
212 박 산 시집 | 인공지능이 지은 시
213 박현자 시집 | 아날로그를 듣다
214 시문학연구회 하로동선夏爐冬扇 시집 5 | 너를 버리자 내가 돌아왔다
215 박기섭 시집 | 오동꽃을 보며
216 박분필 시집 | 바다의 골목
217 강홍수 시집 | 새벽길
218 정병숙 시집 | 저녁으로의 산책
219 김종호 시선집
220 이창하 시집 | 감사하고 싶은 날
221 박우담 시집 | 계절의 문양
222 제민숙 시조집 | 아직 괜찮다
223 문학청춘작가회 동인지 3 | 고양이가 앉아 있는 자세
224 신승준 시집 | 이연당집怡然堂集 · 下
225 최 준 시집 | 칸트의 산책로
226 이상원 시집 | 변두리
227 이일우 시집 | 여름밤의 눈사람
228 김종규 시집 | 액정사회
229 이동재 시집 | 이런 젠장 이런 것도 시가 되네
230 전병석 시집 | 천변 왕버들
231 양아정 시집 | 하이힐을 믿는 순간
232 김승필 시집 | 옆구리를 수거하다
233 강성희 시집 | 소리, 그 정겨운 울림
234 김승강 시집 | 회를 먹던 가족
235 김순자 시집 | 서리꽃 진자리에
236 신영옥 시집 | 그만해라 가을산 무너지겠다
237 이금미 시집 | 바람의 연인
238 양문정 시집 | 불안 주택에 거居하다
239 오하룡 시집 | 그 너머의 시
240 문학청춘작가회 동인지 4 | 참꽃
241 민창홍 시집 | 고르디우스의 매듭
242 김민성 시조집 | 간이 맞다
243 김환식 시집 | 생각이 어둑어둑해질 때까지
244 강덕심 시집 | 목련, 그 여자
245 김유 시집 | 떨켜 있는 삶은
246 정드리문학 제10집 | 바람의 씨앗
247 오승철 시조집 | 사람보다 서귀포가 그리울 때가 있다
248 고성진 시집 | 솔동산에 가 봤습니까
249 유자효 시집 | 포옹
250 곽병희 시집 | 도깨비바늘의 짝사랑
251 한국 · 베트남 공동시집 | 기억의 꽃다발, 짙고 푸른 동경
252 김석렬 시집 | 여백이 있는 오후
253 김석 시집 | 괜찮다는 말 참, 슬프다
254 박언휘 시집 | 울릉도
255 임희숙 시집 | 수박씨의 시간
256 허형만 시집 | 만났다
257 최순섭 시집 | 플라스틱 인간

258 김미옥 시집 | 목련을 빚는 저녁
259 전병석 시집 | 화본역
260 엄영란 시집 | 장미와 고양이
261 한기팔 시집 | 겨울 삽화
262 문학청춘작가회 동인지 5 | 파킨슨 아저씨
263 강홍수 시집 | 비밀번호 관리자
264 오승철 시조집 | 다 떠난 바다에 경례
265 김원옥 시집 | 울다 남은 웃음
266 서정춘 복간 시집 | 죽편竹篇
267 (사)한국시인협회 | 경계境界
268 이돈희 시선집
269 한국의사시인회 시집 | 바람의 이름으로
270 김병택 시집 | 서투른 곡예사
271 강희근 시집 | 파주기행
272 신남영 시집 | 명왕성 소녀
273 염화출 시집 | 제주 가시리
274 오창래 시조집 | 다랑쉬오름
275 오세영 선시집 | 77편, 그 사랑의 시
276 곽애리 시집 | 주머니 속에 당신
277 이철수 시집 | 넘어지다
278 김소해 시조집 | 서너 백년 기다릴게
279 손영숙 시집 | 바다의 입술
280 임동확 시집 | 부분은 전체보다 크다
281 유종인 시조집 | 용오름
282 양시연 시집 | 따라비 물봉선
283 신병은시집 | 꽃, 그 이후
284 문학청춘작가회 동인지 6 | 성지곡 수원지
285 다카하시 무쓰오(高橋睦郎)시집 | 남자의 해부학
286 민경탁 시집 | 달의 아버지
287 문현미 시집 | 몇 방울의 찬란
288 이정현 시집 | 점點
289 안덕상 시집 | 당신은 폭포처럼
290 옥경운 시집 | 별밤일기
291 노자은 시집 | 구름의 건축술
292 한국의사시인회 시집 제12집 | 씨앗들의 합창
293 김육수 시집 | 저녁이라는 말들
294 이남섭 시집 | 날마다 별꿈
295 강영오 시집 | 가로수다방
296 이춘희 시집 | 산수유 여정旅情
297 정의현 시집 | 꿈의 온도
298 이희숙 시집 | 서래마을 물까치
299 강방영 시선집
300 강방영 시집 | 현실 과외
301 이수익 시집 | 비애의 술잔
302 이동순 시집 | 홍범도
303 김영찬 시집 | 오늘밤은 리스본
304 황형자 시집 | 숫눈을 밟으며
305 문학청춘작가회 동인지 7 | 비옥肥沃, 비옥翡玉
306 안준휘(安俊暉) 시집 | 무사시노武蔵野
307 우정연 시집 | 연을 심다
308 김병택 시집 | 아득한 상실
309 김복근 시조집 | 밥 먹고 싶은 사람
310 서형자 시조집 | 방앗잎 같은 여자
311 장인환 시집 | 목각 인형
312 조승래 시집 | 수평에 쉬다
313 동시영 시선집 | 기억의 형용사
314 하갑수 시집 | 시간의 깊이
315 이우디 시집 | 우연이 운명을 건넌다
316 이종성 시집 | 별들도 카톡을 한다